LA GUERRE
DE TROIS JOURS,

POÈME

HÉROÏ-COMIQUE EN TROIS CHANTS,

Dédié aux Élèves de l'École de Droit de Paris.

Quis dicere falsum audeat?
VIRG. Géorg.

Par A. B. D. G.

A PARIS,
CHEZ LADVOCAT, LIBRAIRE,
ÉDITEUR DES FASTES DE LA GLOIRE,
PALAIS-ROYAL, GALERIE DE BOIS, Nos. 197 ET 198.
ET CHEZ LES MARCHANDS DE NOUVEAUTÉS.

1819.

LA

GUERRE DE TROIS JOURS,

Poëme héroï-Comique.

CHANT PREMIER.

La Jalousie. — Le Songe. — Sainte-Geneviève. — Combat.

Je vais chanter ces héros de Lutèce,
Prompts à voler de l'école à la messe.
Je vais chanter ces illustres combats,
Éclat nouveau du trône de Cujas;
Et ce Doyen de qui l'heureuse audace
D'un honnête homme acheva la disgrace.

O vérité ! quand une auguste voix,
A ton nom seul épouvanta les Rois;
Tu couronnas des palmes de la gloire,
Ses chants heureux dérobés à l'histoire.
Ma jeune Muse invoque ton pouvoir,
Pare son front des roses de l'espoir.

Chez les Français avant tout il faut rire;
La gaîté naît dans l'air qu'on y respire.

Peuple charmant où le plaisir est loi,
Où l'on chérit l'honneur comme le Roi,
Que je suis fier de t'avoir pour patrie !
Mon faible bras et ma l[illegible]e et ma vie,
A te servir consacrés par mon cœur,
M'enchaîneront au chemin de l'honneur.
Ne croyez point, compagnons de mon âge,
Que dansdes vers dictés par l'esclavage,
De quelques torts innocens ou légers
J'aille augmenter les excès passagers.
Non, je voudrais que ma muse légère
Pût d'un Doyen charmer le front sévère.
Il est toujours en tout événement,
Un bon côté, c'est le côté plaisant.

La sombre nuit couvrait d'une aîle noire
Bourse, Institut, Palais, Observatoire;
D'un pied léger les Zéphirs de Paris
Allaient ravir les femmes aux maris.
On se battait pour revoir l'Amazone
Qui de nos Rois releva la couronne;
On retrouvait dans ces anciens tableaux
De nos voisins tous les crimes nouveaux.
A l'Opéra nos Phrynés connaisseuses,
Allaient montrer leurs grâces dangereuses.
Aux Boulevards applaudissant Brunet,
Maint politique ensensait son portrait.
Les malheureux, les fainéans, les sages,
D'un doux sommeil savouraient les images.
Lors un Doyen, rempli de ses discours,
Sur l'édredon atend l'astre des jours.
Des Facultés compagnes et rivales,
Ce chef fameux rappelant les annales,

En soupirant avait fermé les yeux.
La jalousie, au regard furieux,
Au cœur brûlant, à la bouche sanglante,
De l'antre obscur où l'honneur la tourmente,
Entendit trop ce funeste soupir :
Son sein cruel en frémit de plaisir.
Au même instant d'une course rapide,
Près du Doyen la Vengeance la guide.
De son alcôve elle ouvre les rideaux,
Et parle ainsi : « Toi, de qui les travaux
» Depuis trente ans, honneur de cette école,
» Ont ajouté des pavots à Barthole,
» Doyen, tu dors... tu dors, quand Bavolin
» M'accable encor de son souris malin !
» Que triomphant, dans sa fortune altière,
» En trône, enfin, il a changé sa chaire !
» Tu dors, ingrat, quand je veille pour toi !
» Sous ton bonnet il n'est donc plus de loi
» Qui de l'esprit punissant la licence,
» Mène aux honneurs la chétive ignorance ?
» Ah ! c'en est trop, réveille-toi, Doyen,
» De te venger il est plus d'un moyen.
» Ecoute-moi. Ce tems où l'anarchie
» Couvrit de sang le sol de la patrie,
» Ce tems affreux est-il bien loin de nous ?
» Mille écrivains le trouvent encor doux ! . . .
» Vois dans ces champs, où l'écho dit encore
» Les chants d'amour de Pétrarque et de Laure,
» D'un vieux guerrier le cadavre sanglant
» Servir de proie à l'oiseau dévorant.
» Ce corps fameux, honte de notre histoire . . .
» Reste baigné des pleurs de la victoire.

» Au nom d'un Roi qui pleurait sur nos maux,
» Vois dans Lyon dresser des échafauds.
» Vois inventer pour l'honneur de mes chaines,
» Des conjurés, des complots et des peines.
» Vois de Bayard le berceau glorieux,
» Tout innondé du sang de ses neveux.
» Eh bien! Doyen, c'est pour moi que ces crimes,
» Sont devenus sacrés et légitimes.
» Imite-les ces généreux Prevôts,
» Imite les ces Préfets, mes suppôts;
» Invente aussi quelque trame nouvelle;
» Que Bavolin soit englouti sous elle.
» La Liberté, présent noble et chéri
» Né parmi vous du trône de Henri,
» A qui les Francs pendant vingt ans d'alarmes
» Ont consacré leurs héros et leurs armes,
» Peut te servir dans mes nobles projets.
» A Bavolin, suppose des secrets
» Qui de Louis attaquent la puissance,
» Alors sers-toi de ta lourde éloquence.
» Prouve, Doyen, que ce fier avocat
» Par ses discours peut renverser l'état;
» Qu'aux étudians, sa coupable méthode,
» Apprend, grands dieux!..à connaître le code,
» Quand à ton cours on n'apprend qu'à dormir,
» Et qu'un Français ne doit rien qu'obéir...
» Tonne, conduis la terreur sur tes traces,
» Et de la Cour sur toi pleuvront les grâces. »

Elle avait dit: à ce conseil affreux,
Qui de terreur fait dresser mes cheveux;
Le vieux Doyen soulève enfin sa tête;
Ainsi Neptune appelle la tempête.

Les noirs soucis voltigent près de lui,
Ses yeux sont pleins de fureur et d'ennui.
» J'obéirai, divinité chérie,
» Dit-il alors : la gloire de ma vie
» Est attachée à ces nobles transports,
» Oui, les méchans sont souvent les plus forts.
» A moi valets, courez chez mes confrères,
» Deux ont des droits à mes palmes altières.
» Pardessous, lui, dont l'esprit égala
» En sots discours le chantre d'Atala.
» Du gros Soufflot gourmendez la paresse ;
» Il dort sans doute aux pieds d'une duchesse !
» Allez, valets ; qu'ils viennent à l'instant,
» Le Doyen parle et l'honneur les attend.

Il dit : soudain la Déesse infernale,
Penche sur lui sa tête sépulcrale.
De ses poisons elle innonde son sein,
Met son flambeau dans sa tremblante main ;
Et du doyen admirant le courage,
Elle sourit à son coupable ouvrage.

Tel que l'on voit dans les plaines des airs,
D'affreux vautours tous les troupeaux divers
Se réunir contre une seule proie ;
Tels mes héros accourent avec joie.
Dom Restancour leur adresse ces mots :
« Il n'est plus tems de perdre en vain propos,
» Un tems troublé par d'horribles tempêtes ;
» Quoi ! Bavolin ferait courber nos têtes ?
» Quoi ! de la chaire enlevant les honneurs,
» Nous le laissons rire de nos fureurs ?

» Ah! mes amis, renversons ce parjure,
» Son éloquence est pour nous une injure.
» Parle, Soufflot, et qu'un sage conseil
» Marque une fois ton passage au réveil. »

Soufflot surpris, tousse, crache, éternue,
Et par deux fois regarde dans la nue.
« Doyen, dit-il, tu sais que mon esprit
» N'a dans Paris qu'un bien faible crédit.
» Mais c'est égal, s'il ose te déplaire,
» Sur Bavolin j'approuve ta colère.
» J'ai lu, je crois, dans des auteurs profonds,
» Pour se venger que tous moyens sont bons.
» Venge-toi donc et je souscris d'avance
» A tous moyens qu'emploira ta prudence. »
Dixi, Doyen. A ton tour, Pardesssous.
Ce docteur lance un regard sombre et doux.
Amis, dit-il, une ingrate jeunesse
» Nous rit au né, ne va plus à confesse;
» Cherche à percer le dédale des lois,
» Et se prévaut de quelques maudits droits.
» Ah! prouvons-lui qu'au Saint-Père et qu'à Rome
» De ses péchés il faut porter la somme.
» Prouvons enfin qu'aux plus cruels tyrans
» Tout homme doit son sang et ses sermens;
» Que la patrie est la salle du trône,
» Que toujours bien un ministre raisonne.
» Prouvons enfin, que ces vils roturiers
» De qui les fronts sont couverts de lauriers,
» Ne sont pas faits pour aller à l'épaule
» D'un noble riche, ou bien même d'un drôle.
» — Prouvons, prouvons, murmure le Doyen,
» Nous prouverons, mais ils ne croiront rien.

» Ils ont aussi des preuves à soumettre,
» Chaque Etudiant peut nous servir de maître,
» Car, entre nous, ces jeunes étourdis
» Ont plus d'esprit qu'on n'en avait jadis.
» Ne prouvons rien, la victoire est plus sûre.
» De Bavolin il faut punir l'injure,
» Et dès demain préludons aux combats.
» De l'ennemi deux ou trois apostats
» Commenceront à servir notre cause.
» Je suis savant, plus que vous, je suppose;
» Laissez-moi donc conduire mes projets :
» Qu'en pensez vous?... j'aime fort les sifflets...
» Bravo!... Bravo! Si le public nous raille,
« Laissons le faire et gagnons la bataille. »
Il a fini. Soudain nos trois barbons
Disent en chœur. « Préludons! préludons! »
La jalousie en ce conseil perfide
Les éclairait de son flambeau livide;
Et fière encor de ses derniers travaux,
Elle se couche avec mes trois héros.

Or près des lieux où la noire furie
Veille toujours dans les bras de l'Envie,
Du Panthéon le front majestueux,
Avec orgueil s'élève vers les cieux.
Là Geneviève en son séjour céleste,
Des grands mortels conserve ce qu'il reste.
Près d'elle on voit et Voltaire et Rousseau,
Vivans encore au fond de leur tombeau.
Par leurs discours la vierge secourable
(Qui, quoique sainte, au fonds est très-aimable)
Sent de son cœur s'émouvoir la vertu.
Elle frémit, et de son front ému,

Le vif éclat le dispute à la rose.
Sur sa couronne encore à peine éclose,
Un voile égal à la feuille des lys,
Couvre son sein de gracieux replis;
Sa douce voix, faible mais assurée,
A retentit sous la voûte azurée,
Et la Vertu, du séjour du bonheur,
Vole aussitôt dans les bras de sa sœur.
« Hélas! lui dit la Reine de Lutèce,
» Viens un instant, viens charmer ma tristesse,
» Viens découvrir les complots des méchans,
» A la béauté sauvons d'affreux instans.
» Tu le sais bien, nous fûmes sur la terre,
» Avec ces gens en éternelle guerre.
» Viens, ma compagne, il est encore là-bas,
» Quelques bons cœurs, qu'on ne ménage pas.

Après ces mots la modeste patrone,
Laissant la Cour dont l'éclat l'environne
Avec sa sœur accourt chez Bavolin.
Sa tendre épouse y veillait sans chagrin;
Belle, sensible, à la fleur de son âge,
De la vertu son âme est une image:
A cet aspect céleste et radieux,
Vers ses genoux elle baisse les yeux.
Sa voix se meurt sur ses lèvres tremblantes
Comme un zéphir sur des roses naissantes.
Telle on dépeint la mère du Seigneur,
Quand Gabriel lui prédit le bonheur.
Mais de Paris la douce protectrice
Dit, d'une voix encor tendre et novice,
« Rassurez-vous, je viens pour vous servir,
» Le méchant seul devant moi doit rougir.

» Contre l'objet de votre chaste flamme,
» En ce moment un noir complot se trame.
» On veut bannir cet organe des lois
» Du temple même, où chaque jour sa voix
» Retentissait en leur nom salutaire.
» Qu'il laisse donc le bonnet mercenaire,
» Sur ces vieux chefs dégradés par le tems,
» Trop peu savans pour se croire ignorans.
» Un jour viendra que l'erreur sans défense
» Et pour jamais fuira ma chère France. »

Elle se tait : la harpe des élus
Charme les airs par ses accords émus.
Un flot d'azur, de la reine charmante,
Cache aux mortels la marche triomphante.
Le doux encens qui brûlait sur ses pas,
S'élève encore où brillaient ses appas.
L'épouse, hélas ! croyant sortir d'un rêve,
Attend le jour en priant Geneviève.

Mais du matin légers avant-coureurs,
Quelques zéphirs jouaient parmi les fleurs.
Un bruit confus soudain frappe l'oreille,
Et dit au loin que Paris se réveille.
Les étudians se pressent vers leur cours;
L'un quitte un livre, un autre ses amours.
L'un, du café joyeux surnuméraire,
Vient maudissant et le code et la chaire;
Un autre enfin, consultant son miroir,
Se voit : et dit je n'ai rien à savoir.
De Bavolin la compagne en alarmes,
En frémissant voile à demi ses charmes.

Telle on croit voir Vénus dès le matin
Cherchant l'Amour au sortir de son bain.
Grâces, attraits.... Non, d'un pinceau profane,
N'altérons point les roses de l'Albane.
Vers son époux elle accourt en tremblant,
Le sein ému, l'œil en pleurs et mourant.
« Mon doux ami, dit-elle, avec tendresse,
» De me quitter quel soin cruel te presse?
» Laisse l'école et reste dans mes bras.
» Là des méchans ne te chercheront pas.
Ainsi d'Achille on nous peint la colère,
D'Iphigénie en écoutant le père.
Tel Bavolin, plein d'une noble courroux,
A ce discours, répond: « Que dites-vous?
» Moi m'effrayer de clameurs impuissantes!
» Ne voit-on pas les vagues menaçantes
» Contre le roc se presser vainement?
» Comme le roc, Bavolin les attend
» Ces ennemis vieillis dans la sottise,
» Que leur orgueil en sagesse déguise.
» Ils me verront et seront confondus.
» Allez ma mie, allez, ne tremblez plus,
» Fort de mon droit, puisque je m'abandonne,
» A la justice assise sur le trône »

Il avait dit : d'un pas précipité
Il gagne enfin l'ingrate Faculté,
Et son épouse étonnée et confuse,
Espère encor qu'un vain songe l'abuse.

En longs cordons entassés sur les bancs,
A son aspect les nombreux étudians
Battent des mains, et leur jeune prudence
Croit s'honorer de la reconnaissance.

Bavolin parle, il cherche dans nos lois
Les droits du peuple et le devoir des Rois.
Des Libertés chez nos pères, fameuses,
Il cherche encor les sources orgueilleuses.
Ces jeunes cœurs, espoir de l'avenir,
Sont enflammés d'honneur et de plaisir.
Fils des héros, oui par vous tout s'oublie,
Pour saluer le nom de la Patrie!

De Restancour les gardes avancés
A ce grand nom sont justement blessés,
Et du sifflet le son triste et perfide,
Annonce enfin la fureur qui les guide.
Quel tintamarre!... alors sur les siffleurs,
De vingt soufflets tombent les coups vengeurs.
On n'entend plus que le bruit des culbutes,
Des camoufflets, des juremens, des chûtes.
Tel, dans les airs les foudres gémissans,
Ont précédé la grêle et les autans.
Notre héros ne peut se faire entendre;
Chacun s'occupe à battre ou se défendre,
On est moulu, pêle mêle froissé,
On se relève, on rosse, on est rossé.
Juste au plafond l'affreuse jalousie
Sur ce combat planait avec furie;
Court au Doyen et conduit le badaud,
Où ses siffleurs commençaient d'avoir chaud.
Le Restancour arrive sans culotte;
(Ce fut, dit-on, autrefois sa marotte.)
Son bonnet blanc sur l'oreille jeté,
Annonce en lui sa froide fermeté.
Droit au collet il saisit notre Achille;
« Parbleu! dit-il, il est fort inutile

« Qu'un Bavolin, parce qu'il a de l'esprit,
« Veuille en ces lieux balancer mon crédit.
« De mon pouvoir j'interdis cette chaire.
« Pour te forcer une fois à te taire,
« Vas sur le Doubs porter de tes leçons
« Les noirs succès et les secrets poisons.
« Pour enseigner la justice à la France,
« Nous n'avons pas besoin de la science.»
Bavolin sage et brave combattant,
D'un œil moqueur contemple ce pédant.
« Doyen, dit-il, je brave ta menace,
« Et quelle que soit la justice qu'on fasse,
« Si la raison peut céder au pouvoir,
« Après demain ici je veux te voir. »
Il dit : muet de fiel et de colère,
Le Doyen cherche à prendre un air sévère.
En refrognant, relevant son bonnet,
Croit triompher, quand un vent indiscret......
Oui, par la porte un vent léger pénétre,
Et fait lever la chemise du maître!...
Il montre aux yeux un derrière où le tems
A sillonné le passage des ans!...
Mes chers lecteurs, est-il permis de rire
Où la raison a perdu son empire?
Ah ! Restancour, quelle fut ta douleur,
Quand ton derrière eut montré sa laideur?
Ces jeunes fous, oubliant leur colère,
En s'en allant ne songeaient qu'au derrière.
Le gros Soufflot, dans un coin tout tremblant,
Disait tout bas: « c'est ma foi très-plaisant !»

Fin du premier chant.

CHANT II.

Dîner féodal. — Les Revenans. — L'Ambassade. — Un Normand.

J'aime la gloire, et malgré ma jeunesse,
J'ose invoquer les nymphes du Permesse.
Pourquoi faut-il que mes premiers accords,
De méchans sots vous peignent les efforts?..
A l'âge heureux où charmant l'Italie,
Et le front ceint des roses d'Idalie,
Le tendre Ovide inspiré par l'Amour,
Chantait alors ses plaisirs et sa cour :
Ma faible voix ne chante que la guerre.
C'est le destin qui gouverne la terre.
Il a voulu que mon triste printems,
De mon pays contemplât les tourmens.
J'ai vu la France à vaincre accoutumée
Courber son front devant sa renommée.
J'ai vu traîner sous des climats lointains,
De ses héros les valeureux essaims,
Proscrits, punis, pour vingt ans de victoire,
Trouver des fers au berceau de leur gloire.
J'ai vu... Laissons, amis, ce que j'ai vu,
Car la gaîté fuirait mon cœur ému ;
Oui, bannissons ce passé formidable,
Et du plaisir cherchons la source aimable.

Mais du Doyen, déjà l'heureux succès,
De nos salons faisait jaser les niais;
Déjà le bruit de *l'on dit*, si facile,
Faisait monter les morts à plus de mille,
Et le Doyen, pour sa part seulement,
Avoit tiré l'habit d'un Etudiant! . . .
Mais ses amis avait bien soin de taire
Ce que le vent eût l'audace de faire.
Le fier Chactas, le compas à la main,
Des factieux traçait le bulletin.
De Saint-Germain la superbe noblesse
Offrait un cierge à Dame de Liesse,
Et tout Paris courant sur le Pont-Neuf,
Tremblait de voir les jeux de Charles Neuf.

Or, des enfers hideuses messagères,
Sur des tisons veillaient les sœurs mégères.
La jalousie y pénètre bientôt.
« Pour moi, mes sœurs, on se rosse là-haut,
» Dit-elle. Eh bien, à quoi servent ces flammes?
» Ah! faisons voir que nous sommes des femmes!
» Fières toujours dans nos ressentimens,
» Faisons siffler ces horribles serpens.
» Voyez, mes sœurs, ce mortel intrépide
» Qui de mes droits est devenu l'égide;
» Sa plume est fiel, aussi Martin-Bâton
» Gagna souvent la moitié de son nom.
» Il en est tant qui, fiers de leur naissance,
» Et de leur nom que la fortune encense,
» Malgré la croix, l'épée et le ruban,
» Voudraient enfin pouvoir en dire autant.
» Martin-Bâton, Arlequin, journaliste,
» Qui suit de loin les bons mots à la piste,

» Est mon vengeur, mon fils et mon appui.
» Donc sans façons, allons dîner chez lui. »

Aussitôt dit : les filles infernales,
Qui, de Martin sont les Muses brutales,
Vers le repaire où la presse gémit
Des lourds bons mots de son funeste esprit,
Volent alors dans des langes funèbres.
(Le bon Martin aime fort les ténèbres.)
Dans ce moment, on faisait grand gala ;
Dame Vengeance était dit-on par là.
Le fier Doyen, du haut bout de la table,
Semblait encor plus fier, plus intraitable.
Le doux Martin, dans son goût féodal,
Pour les badauds qui lisent son journal,
De la bataille esquissait la peinture.
» Ah ! disait-il (vous savez son allure),
» C'en est donc fait, les momens sont venus :
» Déménageons, ou nous sommes perdus.
» Plus de repos pour la France en alarmes,
» De toute part déjà l'on crie aux armes.
» Des étudians ont le cœur généreux,
» Ils sont Français, reconnaissans, joyeux.
» D'un professeur encourageant l'audace,
» Ils ont osé... Dieu !... l'applaudir en face.
» Mon Seigneur Roi, voilà ces étudians
» Qui sur vos pas, en de malheureux tems,
» Pour vous servir ont quitté leur patrie ;
« Ils ont pour vous offert souvent leur vie.
» Et vous pouvez sans frémir de douleur
» Laisser ainsi chérir un professeur ?...

» Ah ! qu'on les pende, ou bien qu'une ordonnance
» Supprime enfin l'esprit et la science.
» Je suis bien sûr que la suppression
» N'atteindra pas mon goût ni ma raison.
» Ministres donc reprenez vos lunettes,
» Ou bien la France est encore en goguettes.

Après ces mots, d'un énorme boudin,
Ce discoureur précipite la fin.
Mais son discours, d'un Doyen plein de gloire,
Réveille enfin la haine et la mémoire.
» O toi, dit-il, dont les nobles bienfaits
» A Bavolin ont créé des forfaits.
» Des éteignoirs le dragon, la vipère,
» Reçois de moi l'accolade d'un frère.
« Oui, pour avoir un Français pour lecteur,
» Tu t'emparas du drapeau de l'honneur.
» Viens, nous saurons nous servir de nos vices,
» Nous sommes tous Français comme des Suisses.
» Viens, j'ai chez moi le savant Pardessous,
» Le gros Soufflot, d'autres qui t'aiment tous.
» Selon nos vœux, une ordonnance sage,
» De Bavolin va proclamer l'outrage.
» Viens nous aider pour les considérans;
» Vengeons-nous bien, et vive le vieux tems ! »

Ce doux souhait se répète à la ronde :
Les imprudens !.... une nouvelle Fronde
Leur prouverait que la gloire et la paix
N'ont point rouillé les armes des Français.
Chacun se lève, et l'auguste assemblée
Chez le Doyen se retrouve d'emblée.
Bientôt un cri de salut amical
Annonce enfin l'écrivain féodal.

Il n'est pas seul : deux graves personnages,
En robe noire, en perruques de sages,
L'accompagnaient, et leurs airs de Docteurs,
Firent trembler Doyen et Professeurs.
» Rassurez-vous, dit Martin ; de l'Ecole
» Voici l'honneur : c'est Cujas et Barthole.
» Chez l'épicier où le Pied de mouton
» Et mes journaux attendent la raison,
» J'ai retrouvé ces hommes monarchiques
» Sous des dossiers et de vieilles chroniques.
» Leur noble cœur partage le courroux
» En ce moment qui nous embrâse tous.
» Délibérons, l'assemblée est complette ;
» Mon cher Doyen, vous avez la sonnette. »

Le Restancour à ces titres fameux,
Mordit sa lèvre en cliguant ses deux yeux ;
Puis il s'écrie : « O superbe Barthole !
» Nous écoutons, vous avez la parole. »
» Quoi ! dit Cujas, autrefois Nosseigneurs,
» Du Parlement me faisaient les honneurs ;
» Je me tairai, mais que Barthole tremble.
» — Parbleu, Messieurs, vous parlerez ensemble,
» Dit le Doyen. Vraiment, maître Cujas,
» Vous avez bien l'orgueil des avocats,
« Et pour un mort vous ne vous gênez guères. »
« — O ! jour de deuil, dit Martin, mes chers frères,
» Laissez donc là ces frivoles discours,
» Bavolin rit et triomphe toujours :
» Unissons-nous ; la Faculté chancèle,
» O ! doux Barthole, autrefois son modèle,
« Laisse Cujas nous donner son avis.
» Contre les rats ces messieurs réunis,

» Vous sauveront tous deux de l'infamie
» D'être rongés, quand la Faculté crie,
» Ingrats enfans, votre désunion
» Me fait mourir... et sans confession ! »
» — Oui, dit Barthole, on connaît ma sagesse;
» Je laisse donc ce Cujas qui me blesse,
» Vous endormir; car mon tour viendra bien,
» Pour peu qu'il plaise à Messire Doyen. »
Chacun des mains imite sans prudence,
Des étudians l'honorable licence;
Et de Cujas la redoutable voix
Profère alors ces grands mots d'autrefois :
» Comme ainsi soit qu'un professeur ignare,
» Aurait traité le bon temps de barbare;
» Que le susdit Bavolin de son nom,
» A donc forfait de science et leçon.
» Or sus, Messieurs, alors que la noblesse
» Bravait les Rois au sortir de la messe,
» Il arriva qu'en cette Faculté
» Un professeur fut céans culbuté.
» Il avait tort, on ne pût s'y méprendre :
» Aussi, Messieurs, le Parlement fit pendre
» Le professeur, item, les étudians :
» Par cet arrêt tout fut calmé céans.
» Comme ainsi soit, il appert que l'on pende
» Et Bavolin et toute sa légende;
» Cela finit et de fait et de droit.
» Ainsi pendons, *dixi*, comme ainsi soit. »

De ce discours et noble et monarchique,
Comme ainsi soit fut la seule réplique,
Et ces Messieurs voyaient déjà le bois
Où Bavolin terminait ses exploits.

Mais le Doyen s'écrie : » ô quelle faute !
(On dit qu'alors il avait sa culotte.
» Destin cruel ! que t'avons-nous donc fait ?
» On ne pend plus les censeurs en effet.
» Messieurs les morts, depuis ce temps, le Diable
» Nous a ravi ce Parlement aimable.
» Chez les Français comme tout est changé !
» C'est par les lois qu'on doit être vengé
» A l'arbitraire une Charte s'oppose ;
» Un Citoyen, hélas ! est quelque chose :
» Et je suis sûr que ce peuple aujourd'hui
» Va nous traiter de pédans et demi.
» O ! Parlement, tes annales sanglantes
» Sont en horreur aux Nations pensantes.
» Sans remontrance on sait aimer son Roi,
» Et tout Français périrait pour sa loi.
» Qu'allons-nous faire, et notre comédie
» Finira-t-elle au gré de notre envie ? »
Ces tristes mots glacent d'étonnement
Ces doux amis de ce doux Parlement.
Que faire ? Hélas ! un lugubre silence,
Fait méditer l'avis de la vengeance.
Fougueux Martin ! c'est toi, c'est ton esprit,
A ces Messieurs qui bientôt le remit.
« Je vois, dis-tu, que Cujas et Barthole,
» Pourraient chez nous retourner à l'école.
» Laissons-les donc, mais ne reculons pas ;
» Près de ces lieux témoins de nos combats,
» De Saint-Germain l'amante bienheureuse,
» Fait sa retraite et vit en paresseuse,
» Il faut la voir : elle est née en des temps
» Où l'on pendait aussi les bonnes gens.

» Puisque Germain son ami, son confrère,
» Y fut rossé d'importante manière.
» Par ses conseils nous nous déciderons,
» Sans Parlement, s'il le faut, nous pendrons.
» Elle reçoit mauvaise compagnie,
» Rousseau, Voltaire au-dessus de l'envie,
» Y sont encore... Ils y seront toujours
» Pour les chasser, s'il n'est que nos discours.
» Mais Geneviève aura bien, je l'espère,
» Lu mes journaux et converti Voltaire. »
De ce conseil goûtant la profondeur,
On y souscrit, et chacun de grand cœur
Suit mon Martin, l'orateur de la troupe;
Autour de lui promptement on se groupe;
On part de suite, et le verre de rhum
Sert de prélude aux chants du *Te Deum.*
Je ne sais point si ces chants héroïques,
A mon lecteur paraissent véridiques,
Que voilà bien ici l'occasion
De sermoner avec quelque raison!
On ne croit plus aux Prêtres, aux oracles,
Et l'Opéra fait lui seul des miracles.
Et je crains fort qu'on se moque de moi,
Je crois aux Saints, je suis de bonne foi
D'ailleurs du tems de la fameuse histoire
Que je raconte, on osait aussi croire.
De Rome encore il venait des *Agnus*,
Des missions, indulgence, *Oremus*.
De Loyola la race humble, mais fière,
Prêchait, fouëtait et fesait bonne chère.
An quinze cent de la mort du Seigneur,
O tems heureux! que tu plais à mon cœur!

De Bavolin la compagne charmante,
Ignorait tout, mais mourrait d'épouvante,
Le saint message encor devant ses yeux,
Lui retraçait l'avenir douloureux.
Lorsque la clé tourne dans la serrure,
Son cœur palpite... Ainsi l'on nous assure
Que de Léandre attendant le retour,
Héro souffrait d'espérance et d'amour.
C'est Bavolin... un tranquille courage,
De l'innocence anime le visage ;
Quand le méchant, enflé de ses succès,
Avec orgueil médite des forfaits.
Eh! bien?... ce mot de crainte et de tendresse,
Lors par l'épouse est dit avec faiblesse.
Et de l'espoir la modeste rougeur,
Peint sur ses traits le trouble de son cœur.
Le tendre époux rassure sa compagne ;
» D'où vient, dit-il, la terreur qui vous gagne?
» Oui, mon amie, on pourrait m'avilir,
» Si de l'honneur le front pouvait pâlir.
» C'est l'assassin et non pas sa victime,
» De qui la honte accompagne le crime.. «

Laissons l'amour achever l'entretien,
C'est le secret, qui, d'un tendre lien,
Augmente encor le charme tutélaire ;
Car le plaisir est enfant du mystère.

Du Panthéon le parvis respecté,
Avait reçu la grave Faculté;
On attendait, et chacun en silence,
Faisait des vœux pour avoir audience.
Je vous ai dit que la Sainte en son cœur,
Avait encore une aimable candeur.

Donc elle ordonne aux gardiens de sa porte,
De faire entrer cette burlesque escorte.
A cet aspect elle donne à ses traits
La fermeté qui convient au palais.
D'un juge froid elle a la contenance,
Elle soutient la terrible balance,
Où sont pesés les bergers et les Rois,
Puis elle dit ces mots à haute voix :
« Je vous connais.... L'objet qui vous amène,
» Méchans, devrait iriter votre Reine,
» Mais je veux bien, patrone de ces lieux,
» Pour vous sauver me montrer à vos yeux.
» Or écoutez : je vois la Jalousie,
» Avec sa sœur l'horrible Calomnie,
» Guider vos pas et dicter vos écrits;
» Semer la honte et cueillir le mépris,
» Et sous vos pieds creuser un précipice,
» Non. A l'erreur le tems n'est plus propice,
» Suivez le tems qui ne recule pas.
» Si loin du Gange il chasse les frimats,
» Si du printems la course sans nuages,
» Jamais du nord ne bannit les orages,
» C'est qu'à ses lois Dieu soumit l'univers;
» Où fut Memphis sont de vastes déserts.
» Ainsi la France a relevé sa tête,
» Et rentre au port du sein de la tempête;
» Et ses lauriers brillans parmi les lys,
» A leur berceau se trouvent réunis.
» Jusques à quand des regrets inutiles
» Troubleront ils les hameaux et les villes?
» Des Rois, dit-on, vous défendez les biens;
» Des Nations les droits sont plus anciens.

» Ces vieux Gaulois et ces Francs vos ancêtres
» Ont bien voulu se donner à des maîtres ,
» Et l'univers les vit victorieux
» Quand tous vos Rois ne comptaient point d'ayeux. .
» Ce n'est donc pas pour ce motif frivole
» Qu'enfin par vous le droit des gens s'immole,
» C'est un levain de fiel et de fureur ,
» Qui germe encore au fonds de votre cœur.
» Et la justice , ô ciel ! a pu descendre ,
» Et s'avilir jusqu'à vous défendre !
» Quoi ! des [illegible] la [illegible] voix
» A retentit dans le temple des Lois ! . . . .
» Des cris plus forts frappent votre oreille ,
» Sur l'innocent la France entière veille ! . . .
» Allez , sortez , j'abhorre les méchans. »

Elle avait dit : un nuage d'encens ,
Cache aux héros la patrone irritée.
L'océan voit de la vague agitée
La blanche écume aller couvrir ses bords.
Tel nos Docteurs exalent leurs transports.
Le Restancour tout pâle de colère ,
Saisit Martin qui retombe en arrière.
» Morbleu , dit-il , tu nous as amenés ,
» Vois malheureux , vois donc quel pied de nez !
» Honnis , sifflés par les saints et les hommes ,
» Que ferons-nous ? . . . [illegible] que nous sommes ?.

D'un coup de poing [illegible] tement
Martin punit l'orateur [illegible] ,
Notre Doyen va tomber sur [illegible] ,
Qui de [illegible] enfonce un peu l'[illegible].

Le gros Soufflot par-dessus Pardessous
Disait envain, « Messieurs êtes-vous fous ? »
Tous étourdis de l'oraison femelle
Jusqu'à la porte ils roulent pêle mêle.

En cet instant un petit homme sec,
A l'air antique, à la canne à long bec
Vient en pleurant suspendre la bataille.
« J'accours, dit-il, ingrats, vaille que vaille,
» Pour essayer si mes tristes accens
» Pourront calmer la fougue de vos sens.
» Ces coups de poing ne sont pas légitimes
» Puisque nous seuls en serons les victimes.
» Respectez mieux ces toupets féodaux,
» Frappez, frappez sur des reins libéraux...
» Mon cher Chactas, déjà bien assez triste,
» De ses martyrs poursuivra-t il la liste?..
» Mes bons amis, ah ! venez sur mon cœur,
» Ne craignez rien, je suis Conservateur,
» C'est pour cela que je voudrais détruire,
» De la raison l'insupportable empire. »

A ce discours un tant soi peu Normand,
Chaque héros embrasse un combattant ;
Et l'homme sec continue en ces termes :
« Vous vous rossez au lieu de rester fermes.
» Oui, dans le ciel est un signe certain
» Qui nous prédit le sort de Bavolin.
» Suivez-moi donc, armons nous de lunettes
» Et dans les airs, regardons nos conquêtes.

L'esprit, l'amour, n'ont que certains momens,
L'un pour ses jeux et l'autre pour ses chants.

Mon cher lecteur, ma Muse m'abandonne ;
Je vais prier notre sainte patrone,
Qui doit me dire, après quelque repos,
Ce que le ciel voulait à nos héros.

Fin du deuxième Chant.

CHANT III.

La Comète. — Discours. — Bataille du Panthéon. — Épilogue.

Que des partis, j'aborre les vengeances !...
Tout à leurs yeux fait naitre des offenses.
Qui ne les flatte, à coup sûr les trahit :
Tel des humains est le funeste esprit.
De la raison, en vain la voix auguste,
Dit, avant tout l'homme doit être juste.
Suivant l'habit, et suivant la couleur,
On est un drôle, ou l'on a de l'honneur.
Il n'est guerriers, ni ministres, ni sages,
Dignes de nous, s'ils n'ont pris nos usages.
—Connaissez-vous Dalbon, ce commerçant,
Dont les vaisseaux ont couvert le Levant ?...
A son comptoir il sert mieux sa patrie,
Que tel Seigneur, dont Saint Cloud sait la vie.
Qu'en dites-vous ?.. — Il ne pense pas bien ;
Il est à pendre, ou je n'y connais rien.

—Ce Général vieilli dans les batailles,
Qui, du carnage a sauvé nos murailles,
C'est son ami... vraiment pour celui là....
—C'est un brigand que vous me nommez là.
C'est à son Roi qu'il déclarait la guerre
Lorsque votre aigle asservissait la terre.—
— Bah! c'est plaisant! mais Damis l'écrivain,
Que leurs Grandeurs marchandèrent envain....
Je crois, Monsieur...— Bon dieu! qu'osez-vous dire?
En Jacobin il n'a cessé d'écrire.
Apprenez donc qu'on n'aime pas le Roi,
Quand on n'a pas un habit comme moi,
L'épée en l'air la perruque gothique,
Un ruban blanc, une figure étique!...
Voilà pourtant comme on juge ici bas.
Soyons Français, en tout tems, en tous cas,
Soyons Français, aux lois restons fidèles,
De la patrie embrassons les querelles;
Et souhaitons à tous nos ennemis,
Et nos malheurs et nos tristes partis.
Heureux qui peut au déclin de sa vie,
N'avoir jamais proscrit que l'infamie.

De nos héros appaisant la fureur
Je vous ai dit, que le Conservateur,
Leur annonça que la voûte céleste
Portait un signe à l'ennemi funeste.
Soudain chacun de ses yeux inquiets,
Cherche là haut la palme des succès.
Le ciel est pur, sa brillante parure
Verse des feux sur toute la nature,
Et de la nuit l'astre silencieux
Suit lentement son chemin radieux.

Vers le couchant, une vive lumière,
Remplit les cieux d'une flamme étrangère:
Astre nouveau, son aspect redouté,
Du Dieu des jours efface la clarté...

Tous les mortels en pâlissent de crainte.
Et du saint Temple ils remplissent l'enceinte.
Un envoyé du bon peuple Gascon
Un peu sujet à contemplation;
De son bon sens cherchait là haut la fiole,
(Sur les Bannis il avait la parole.)
Lorsque cet astre étonna ses regards.
Il avertit astronome et musards.
Du nom en *us* on vanta la sagesse,
Et le clergé pour lui dit une messe.
Mais nos héros admirent en tremblant
Le corps de feu du phénomène errant.
Le Restancour dans les régions hautes,
Bien à-propos croit trouver des culottes.
Quant à Martin, il n'y voit qu'un enfant,
De l'avenir présage triomphant.
« Voilà, dit-il, ce qu'il faut à la France;
» On formera sa jeune expérience,
» Et nous verrons, béguele de Bussi,
» Si vous aurez une lance sous lui.
» Un Loyola va lui montrer à lire;
» A notre tour enfin nous pourrons rire...
» Le tems passé revient pour nos beaux yeux,
» Droits et vassaux reviennent avec eux.
Le Pardessous quitte alors sa cachette;
» — Messieurs, dit-il, notre ordonnance est prête;
» Et je la lis même très-couramment
» Près de la queue; écoutez seulement.

« La Faculté, qui jamais ne plaisante,
» De son Doyen est vraiment très-contente,
» Et Bavolin, ce faiseur de discours,
» Du Corps sans tache est banni pour toujours. »
L'on applaudit à l'heureuse nouvelle,
Et l'ordonnance et la queue avec elle.
Le gros Soufflot, en l'air regarde en vain,
Mais il n'y voit qu'un espoir de bon vin.

Chez le Doyen de nouveau l'on s'assemble,
Le lendemain s'approche, et chacun tremble.
Un fier Sergent affiche cet arrêt;
Mais nos docteurs en redoutant l'effet,
La Faculté recueille ses lumières.

A la clarté de pâles reverbères,
Le doux Normand, toujours *Conservateur*,
Dit : « Mes amis, vraiment, je n'ai pas peur;
» Mais ces bambins ont la tête un peu chaude,
» Enchaînons-les sur tout avec méthode;
» Car c'est mon faible. Il nous faut des Guerriers,
» Nos factieux auront peur les premiers.
» Mais prendrons-nous les soldats Helvétiques?
» Ils sont un peu sournois et flegmatiques.
» De leur habit j'aime fort la couleur,
» Des chers Anglais l'uniforme vengeur
» Nous irait bien dans cette circonstance:
» Mais on en rit un peu depuis qu'en France,
» Un Duc reçut un coup de pistolet,
» Qui parmi nous, porte le nom de pet.
» Or sus, Messieurs, il nous faut des Gendarmes,
» Ils ont déjà sanctifié leurs armes

» Dans la Province ; en ces tems glorieux
» Où les Prévôts happaient les factieux.
» Sire Albion et leur chef et leur maître
» En ce moment nous servira peut-être.
» Car il demeure en l'antique palais
» Où certain Roi qui ne riait jamais,
» Ce fier Clovis, dont nous fesons la fête ;
» Et qui coupait proprement une tête,
» Logeait jadis. Ses mouchards sont à nous,
» Ce sont des sots, et nous les avons tous.
» Plus de repos et faisons diligence ;
» Doux Alguasils, sauvez encor la France !

Il se taisait : tout-à coup du plafond
Avec fureur descend l'Opinion.
C'est une femme un peu vieille et révêche,
Mais vive encor; sa voix aigue est sèche,
De mille yeux tout son corps est couvert
Et dans ses mains un grand livre est ouvert.
Des tems passés elle connait l'histoire,
De l'avenir devançant la mémoire,
Sur le présent elle peut le juger.
Malheur cent fois à qui veut l'outrager!
« Faibles mortels, dit-elle, avec colère,
» Que dites-vous? que prétendez vous faire?
» C'est vainement que contre les destins
» Vous armerez de féodales mains.
» La Liberté, la fille de cet âge,
» Des bons Français sauvera l'héritage.
» Astre brillant dont l'éclat séducteur,
» Eclipsera l'ignorance et l'erreur.
» Ce peuple heureux sous un Roi sans faiblesse
» Ne verra point accomplir sa détresse.

» Vous passerez comme le vent affreux,
» Qui, de la peste allumerait les feux.
» Vous pourrez bien, pour instruire la France,
» D'un vain succès colorer votre offense ;
» Un jour viendra que vos noms avilis,
» Chez nos neveux exciteront les ris ;
» Ah ! c'est beaucoup si l'on ne fait que rire !
» De l'avenir je viens donc vous instruire.
» Craignez enfin que ma terrible voix
» N'ait prononcé sur vos tristes exploits.
» Eh quoi, Doyen, cette foule qui t'aime,
» Ces étudians dont la franchise extrême,
» De tes leçons gardaient le souvenir,
» De leur amour tu les fais repentir !
» Et toi, Martin, quand ta plume imprudente
» Couvrit d'affronts cette école innocente,
» Un homme aussi, qui n'insulta jamais,
» Ni tes écrits, ni tes nombreux succès,
» Peux tu noircir ton noble caractère !
» Ton cœur est bon mais ta tête est légère.
» Nous t'avons vu sur le champ de l'honneur
» Être français de l'épée et du cœur.
» De la gaîté nous t'avons vu l'apôtre,
» Dans un égoût, quoi ! ton esprit se vautre !....
» O des partis, funeste illusion !
» Plus de vertu, d'esprit ni d'union.
» Du sang, des pleurs, voilà leur nouriture,
» Au nom Français un Français fait injure.
» Ah ! puisqu'enfin vous aimez votre Roi,
» Soyez unis, c'est l'esprit de sa loi. »

La foudre gronde à ces nobles paroles.
On se repend ; regrets vains et frivoles !...

Car du combat déjà les cris affreux,
Retentissaient dans l'écho de ces lieux.
Les étudians se pressent vers la chaire :
Mais on les chasse... ô douleur! ô colère!
De Bavolin le sort est proclamé,
Il est proscrit, insulté, diffammé....
Ces jeunes cœurs frémissent de vengeance;
Rien ne fléchit leur aveugle imprudence.
De Bavolin on invoque le nom :
Mais le héros veut flatter leur raison.
« Adieu dit-il, jeunesse infortunée,
» Dans de vieux fers à languir condamnée.
» Adieu! cessez de plaindre mon destin!
» De votre amour je me sépare enfin;
» Oubliez-moi, bannissez vos alarmes...
» Amis... Adieu... Je sens couler mes larmes. »

Il s'éloignait, mais on retient ses pas;
Les étudians l'élèvent dans leurs bras,
Et c'est alors que le Doyen sévère
Leur montre un front blanchi par la colère...

Divin Tyrthée, Apollon des héros,
Viens soutenir mes chants et mes travaux.
Inspire-moi ton ardeur belliqueuse,
Remplis mes yeux de cette image affreuse.

Le vent mugit dans les cieux embrâsés;
Les étudians en deux corps divisés,
De cris aigus font retentir la place;
Le désespoir augmente leur audace.

Des Alguasils, bientôt le régiment,
Le sabre en main vient entourer le champ,
Et Pardessous, derrière une fenêtre,
Disait : « bravo! nous les tenons peut-être. »
Soufflets, sifflets, coups de pieds, coups de poing,
Lancés, reçus, se répètent au loin.
Toupets, habits, justaucorps et perruques,
Laissent à nud des fessiers et des nuques,
Le gros Soufflot rajustant son bonnet,
Criait : « j'ai dit que l'on nous rosserait... »
En ce moment sur le champ de la guerre,
L'Opinion, la Reine de la terre,
Des combattans vient suspendre l'ardeur;
On se regarde, on écoute, on a peur.
« Jeunes Français, arrêtez, leur dit-elle,
» Tout est fini, j'ai jugé la querelle.
» On ne veut pas que de votre pays,
» Les droits sacrés en vos cœurs soient écrits.
» On veut en vous des sujets, non des hommes.
» De l'Hespéride osant cueillir les pommes,
» Que de danger, Hercule surmonta!
» D'un fier lion la griffe l'arrêta.
» Que de lions vous avez à combattre!..
» Mais vous avez le glaive d'Henri Quatre;
» Peut-être un jour ces lions furieux
» A ce grand nom fuiront devant vos yeux.
» Ceux que l'honneur appelle dans son temple,
» De la raison doivent donnner l'exemple :
» Apprenez donc aux Docteurs aveuglés
» Que par l'honneur vous êtes appelés;
» Soumettez-vous, et montrez à la France
» Que ses enfans abhorent la licence.

» Enfans heureux ! l'avenir vous attend,
» On peut céder sans cesser d'être grand.
» Et si des sots fleurit encor l'empire
» Vengez-vous donc puisque vous savez rire. »

Après ces mots, d'une puissante main,
L'Opinion emporte Bavolin :
On se regarde, on cesse le carnage,
Car le présent passe comme un nuage.

La Déité, ma foi, vient à propos
Pour reposer ma lyre et mes héros.
Mon cher lecteur, tout finit sur la terre,
Les nations, les plaisirs et la guerre.
Ce qui je crois ne doit jamais finir,
C'est la malice et son méchant désir.
Gardez-vous-en. Ma muse est peu méchante;
C'est le passé que j'aime et que je chante.
On vous dira que maître Bavolin,
Que Restancour; tous mes héros enfin
Vivent encor... Lecteur je vous l'assure
En quinze cent était cette aventure.
Car on sait bien, qu'alors les ignorans
Passaient pour bons et surtout pour savans,
Que la raison encor dans l'esclavage,
Chez les Français n'avait point de langage.
Qu'un écrivain ne pouvait dans ses vers
Des sots mortels raconter les travers.
Qu'en mission fanatique et rebelle,
Maint Prêtre encor promenait son saint zèle.
Enfin qu'alors... Mais vous savez aussi
Que tout cela n'est plus rien aujourdhui,

Et que vraiment on fait tout le contraire.
Mais à quelqu'un si j'avais pu déplaire,
Ah ! dites-lui, que d'un fiel imprudent
Mon jeune cœur fut toujours innocent.
J'ai voulu rire, et l'on sait bien qu'en France
C'est un péché qu'on pardonne d'avance.
Malheurs, combats et révolutions,
Tout doit, chez-nous, finir par des chansons.

FIN DU POEME.

DE L'IMPRIMERIE DE HOCQUET,
RUE DU FAUBOURG MONTMARTRE, N°. 4.

RED. :

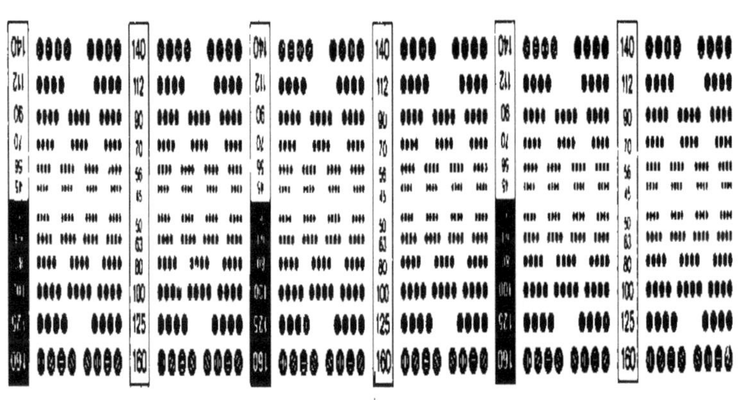

MIRE ISO N° 1
NF Z 43-007
AFNOR
Cedex 7 - 92080 PARIS-LA-DÉFENSE

379.89.70
graphicom

www.ingramcontent.com/pod-product-compliance
Ingram Content Group UK Ltd.
Pitfield, Milton Keynes, MK11 3LW, UK
UKHW022152170726
13837UKWH00004B/1936

9 782329 307329